folio cadet ▪ premières lectures

Maquette : Barbara Kekus

ISBN : 978-2-07-062773-8

Numéro d'édition : 169318
Loi n° 49-956 du 16 juillet 1949 sur les publications destinées à la jeunesse
Dépôt légal : septembre 2009
Imprimé en France par I.M.E.

La pantoufle écossaise

Janine Teisson • Clément Devaux

GALLIMARD JEUNESSE

Une très grande nounou

Les cloches sonnent, tout le monde danse pour fêter la naissance du premier enfant du roi et de la reine.

– Qui gardera notre petit Lulu quand nous serons en voyage ? demande la reine.

– Un homme très fort avec de grosses moustaches !

– Oh, non, un petit bébé doit être gardé par une jeune fille.

– Une jeune fille ?

– Oui, je la veux douce.
– Douce ? Mais il la faut aussi forte, pour qu'elle puisse porter sans fatigue notre enfant, et grande, pour l'attraper quand il grimpera dans les arbres.
– Mais il ne marche pas encore !
– Ça ne saurait tarder ! Il faudra aussi qu'elle ait une grosse voix pour se faire obéir.
– N'avez-vous pas peur qu'elle effraie notre petit Lulu ?
– Pas du tout. Il faut qu'elle soit gaie, aussi, c'est très important.
– Mettons une annonce dans le journal : « Recherchons nounou, grande et forte, douce et gaie, ayant une grosse voix. »
– Écrivons plutôt : « TRÈS grande et TRÈS forte », dit le roi.

Quelques jours plus tard, une jeune fille se présente au palais. Ses yeux sont très gais. Avec une infinie douceur, elle prend l'enfant royal entre son pouce et son index car elle est si grande et si forte qu'on peut la classer sans hésiter dans la catégorie des GÉANTS.
Un doux grondement sort de sa bouche : c'est la berceuse qu'elle chante au bébé qui s'endort dans sa main.
Devant tant de grandeur, la reine est stupéfaite, mais le roi comprend qu'ils n'ont plus aucun souci à se faire pour Lulu. Il monte sur une chaise et demande à la jeune fille :
– Quel âge avez-vous, ma petite ?
– Vingt ans, sire.
– Parfait ! Quel est votre nom ?
– Vanessa.

– Parfait ! Je vous nomme Nounou du prince Lulu.
Vanessa promène Lulu à travers champs et bois, au sommet de sa tête, dans un nid qu'elle a fabriqué avec ses cheveux. À son réveil, elle le soulève très haut et il tend ses petits bras pour attraper les nuages. Bientôt il escalade les doigts de pieds de la géante. La nuit, elle le lance vers la lune et le rattrape et c'est merveille d'entendre se mêler le rire aigu du petit Lulu et le rire très grave de Vanessa.

2

Lulu a disparu !

Un matin d'été, après avoir joué et ri avec Lulu dans la prairie qui descend vers la rivière, Vanessa l'allonge sur sa couverture, lui fait plein de bisous et s'étend près de lui.
Elle ne sait pas que depuis le printemps quelqu'un, de l'autre côté de la rivière, l'observe. Ce quelqu'un, dissimulé derrière les buissons, en voyant la géante embrasser le front de Lulu, pousse un si gros soupir que deux

petits oiseaux tombent de leur nid, queue par dessus bec. L'inconnu les replace sur la plus haute branche tandis que la géante s'endort.
Bientôt, une petite brise fait voleter les cheveux de Vanessa sur la joue de Lulu. La chatouille réveille le bébé. Il essaie

d'attraper une herbe, puis roule sur le côté, puis quitte la couverture. La géante ne s'éveille pas car elle a le sommeil très lourd, comme toutes les géantes.

Celui qui observe la scène, caché derrière un chêne immense, voit le bébé rouler sur la pente.

Tout à coup, un énorme ours brun franchit la rivière, saisit le petit prince et l'emporte.
La géante endormie n'entend pas les bruits de grande lutte, ni les coups qui résonnent comme un tam-tam derrière les buissons, ni les grondements, ni les cris du bébé.
Enfin elle s'éveille. Plus de Lulu! Elle le cherche partout. Dans la rivière, au bord de la rivière, elle court, appelle, sanglote, s'arrache les cheveux. Le roi et la reine sont en voyage. Dans trois jours, ils seront de retour. Comment leur apprendre ce terrible malheur? Vanessa s'assied et regarde la nuit tomber en pleurant. Ses larmes creusent des ruisselets dans la prairie.

Elle pleure ainsi jusqu'au matin, sans boire ni manger et, l'après-midi, elle sanglote encore si fort qu'elle n'entend pas le bruit de branches au bord de la rivière. Elle ne voit pas les deux yeux qui la regardent. Elle pleure à en mourir, et celui qui l'observe le comprend.

3

Lulu est revenu !

Soudain elle croit entendre la voix de son petit Lulu. « Je perds la raison » se dit-elle, en pleurant de plus belle.
Mais à ses pleurs répondent des cris de bébé. Vanessa se lève et court.
À travers la brume légère du soir, elle voit flotter dans le courant quelque chose qui ressemble à un petit bateau mais aussi à une pantoufle !
Elle saute dans l'eau et se saisit de ce qui

est bel et bien une pantoufle bien chaude en tissu de laine écossais dans laquelle Lulu est confortablement installé. Quand il voit sa géante, il tend les bras vers elle en riant. De joie, elle tombe assise dans l'eau.

Elle sort de la rivière en serrant la pantoufle contre son cœur, en couvrant de baisers le visage du petit Lulu, sans entendre le gros soupir qui s'élève dans les fourrés.

Comme elle est heureuse, la jeune géante, comme elle chante ! Elle court vers le château. Elle sort Lulu de sa pantoufle. Ses habits sont déchirés et son petit bras, griffé. Mais il est en bonne santé. Seulement un peu pisseux. Alors elle danse avec le bébé, le fait tourner, le

fait sauter en l'air, le baigne et prépare son biberon.
Vanessa contemple longtemps Lulu qui dort. Elle ne s'endort pas comme dans la prairie. Son sommeil de plomb s'est changé en un sommeil de plume.
Le lendemain, lorsque le roi et la reine rentrent, la reine dit :
– Vous semblez bien fatiguée, ma petite Vanessa, je vous donne une semaine de congés, je m'occuperai moi-même de Lulu.

4

Le mystère de la pantoufle

Vanessa se retire en emportant la pantoufle géante. Elle contient un petit oreiller de plumes et une couverture de laine blanche qui sent fort la chèvre. En mettant sa main au fond, elle retire un petit morceau de papier. Elle le défroisse et lit :
« Je vous aime énormément. »
Signé : Romuald
Elle en est ébranlée comme si elle avait

reçu une poutre sur la tête. Elle tourne et retourne la pantoufle entre ses mains. Sur le côté, il y a une tache qu'elle gratte de l'ongle. Du sang. À qui est cette pantoufle ? Pourquoi cette goutte de sang ? Ce billet d'amour ?
Arrivée dans sa grande maison, elle retire ses chaussures et enfile la pantoufle. Pour la première fois de sa vie, elle a l'impression d'avoir un petit pied !
Toute la nuit, elle essaie de comprendre comment le bébé a pu partir et revenir le lendemain sur la rivière dans une pantoufle écossaise.
À son retour au château, la reine la trouve changée. Elle en parle au roi :
– Mon ami, ne trouvez-vous pas Vanessa amaigrie et pâle ?

– Elle est certainement amoureuse, ma chère !
– Amoureuse ? Mais de qui ?
– Ah ça, j'aimerais bien le savoir !
Vanessa est souvent dans la lune. Parfois elle glisse les jambes de Lulu dans les manches de sa chemise ou lui met les chaussures à l'envers. En lui donnant à manger, elle oublie de replonger la cuillère dans le yaourt. Il reste un moment la bouche ouverte, puis il pousse un cri strident et elle saute en l'air. Il lui mord même le petit doigt avec ses deux dents neuves mais elle ne s'en rend pas compte.
Elle passe tout son temps libre au bord de la rivière, coiffée d'une étrange casquette écossaise. La reine s'inquiète. Elle

s'inquiéterait encore plus si elle savait que Vanessa ne dort plus et n'a plus d'appétit.

La nuit, la géante allume trente fois sa lampe de chevet pour contempler la pantoufle. Jusqu'au lever du jour, elle relit le petit mot : « Je vous aime é-nor-mé-ment, Ro-mu-ald... Romu... »

5

Vanessa sur le tapis

Un matin, la reine la trouve évanouie de tout son long sur le tapis, près du berceau de Lulu. Personne au château n'est assez fort pour la transporter sur un canapé. Quel canapé d'ailleurs ? Il n'y en a pas de suffisamment grand pour qu'elle s'y allonge. Lulu regarde sa Vanessa par terre, plus blanche que la craie, et hurle de toutes ses forces. La reine le prend et le dépose sur le cou de la géante. Il lui caresse les joues et gazouille à son oreille et bientôt, très lentement, elle ouvre ses grands yeux.

– Que vous arrive-t-il, ma petite ? demande la reine.

– Je me sens bien faible, murmure la géante.

– Pouvez-vous vous lever ?

– Non.

Vanessa reste sur le royal tapis. On l'entoure de coussins et de couvertures, mais elle ne mange aucun des plats succulents qu'on lui apporte et perd, jour après jour, forces et couleurs.

Alors le roi vient lui parler à l'oreille, ce qui est facile, car elle est allongée par terre.

– Ma petite Vanessa, ça ne peut plus continuer comme ça. Que vous arrive-t-il ?

– Je ne sais pas, sire.
– Vous avez l'esprit ailleurs, visiblement. À quoi pensez-vous sans cesse ?
– À une pantoufle écossaise.
Le roi hausse les sourcils.
– Et où est cette pantoufle ?
– Sur ma table de nuit.
– Gardes ! Courez chez mademoiselle Vanessa, saisissez-vous de la pantoufle écossaise et apportez-la-moi.
Aussitôt dit, aussitôt fait. Dès que la géante voit la pantoufle elle se sent mieux, elle a presque un sourire. Le roi fait sa grosse voix.
– Voici donc la coupable ! Cette pantoufle vous rend malade, je vais la faire exécuter !
– Oh non, sire ! Par pitié ! implore la géante.

– Avez-vous une meilleure idée, ma petite Vanessa ?
– Sire, voyez comme cette pantoufle est seule, si vous retrouvez sa pareille, je pense que je serai guérie.
– Gardes ! Prenez la pantoufle, fouillez maisons, châteaux et cabanes et ramenez sa pareille !
– Sire ?
– Oui, Vanessa ?
– Pourraient-ils ramener le propriétaire des deux pantoufles par la même occasion ?
– Mais assurément, ma petite. Gardes ? Vous avez entendu ?
– Oui, sire !

6

Un pied pour la pantoufle

Les gardes présentent la pantoufle à tous les hommes, dans tous les coins et recoins du royaume. Ceux qui ont de grands pieds se cachent, car ils craignent qu'on les marie avec la géante mais, lorsque les gardes les débusquent au fond des étables ou des puits, ils constatent qu'aucun pied humain, même énorme, ne peut emplir la fameuse pantoufle.
Un jour les gardes arrivent près d'une

cabane autour de laquelle batifolent des chèvres. Leur chef tombe en arrêt devant une formidable empreinte de pied creusée dans la boue.

-Gardes ! Notre pied est dans cette cabane ! Enfin nous le tenons ! Enfoncez la porte ! crie-t-il.

Mais la porte n'est pas fermée et, emportés par leur élan, ils tombent en tas par terre. Dans l'ombre, ils voient deux pieds énormes qui dépassent du lit.

- Regardez ! Enfin un pied digne de notre pantoufle !
- Vite ! Essayons-la lui pendant qu'il dort.
- Au pied gauche, imbécile !

Le pied entre parfaitement dans la pantoufle.

- Faites-lui des chatouilles pour le réveiller !

Les gardes chatouillent le pied droit du géant avec la plume de leur casque, mais sans succès.

Leur chef est désolé.

- Ce pied correspond bien à la pantoufle mais son propriétaire est visiblement mort.

Ils tirent les couvertures et découvrent un géant très maigre, les vêtements en lambeaux, tout couvert de balafres sanglantes, qui serre contre lui une pantoufle identique à celle qu'il a au pied gauche.

– Nous avons accompli notre mission, murmure un garde.

– Mais trop tard, malheureusement. Je crains que Vanessa ne s'en remette pas.

À peine ce prénom a-t-il été prononcé que le géant entrouvre un œil et remue un doigt.

– Il vit encore ! hurlent les gardes.

7

Un grand amour

Dix-huit gardes poussent le géant sur son lit à roulettes. Par monts, par vaux, par routes et chemins, ils le poussent. Dans chaque village les gens regardent, extasiés, passer le géant allongé, chaussé de ses extraordinaires pantoufles. On lui apporte des paniers de victuailles en chantant des chansons.

Le géant, après avoir mangé quelques kilos de fruits et une quarantaine de saucissons, se sent mieux.

– Qui vous a fait toutes ces blessures ? lui demande un enfant.

– C'est un ours, mon petit.

Vanessa, sur les conseils de la reine, a

mangé quelques poulets et douze éclairs au chocolat. Du donjon, elle a vu, au sommet de la côte, se découper dans le soleil couchant la merveilleuse et double silhouette des pantoufles. Elle court et, se penchant sur le visage du géant, elle lui dit :

– Moi aussi, je pense que je vais vous aimer énormément, Romuald.

– Nous allons donc vivre un GRAND amour. Comment pourrions-nous faire autrement ? dit-il en souriant

Et elle l'embrasse.

Le géant Romuald fut soigné au château et jamais personne d'autre que Vanessa ne sut qu'il avait été blessé en se battant contre un ours pour sauver le petit prince qui avait roulé au bas de la prairie pendant qu'elle dormait.
Vanessa seule savait que Romuald avait gardé le royal bébé un jour dans sa cabane. Pourquoi l'avait-il gardé ? Il l'ignorait. L'amour fait parfois faire des choses inexplicables. Personne ne sut que le prince Lulu avait bu le lait de la chèvre blanche de Romuald, avait dormi au fond des bois et navigué sur la rivière dans une pantoufle. C'était le secret de Romuald et Vanessa.

→ je lis tout seul

Pour les jeunes apprentis lecteurs
Niveau 2

n° 6 par Colin McNaughton

n° 7 par Jeanne Willis
et Tony Ross

n° 8 par Pef

n° 9 par Julia Donaldson
et Axel Scheffler

n° 10 par Janine Teisson
et Clément Devaux

folio cadet • premières lectures